소금 약속

소금 약속

초판 1쇄 2016년 4월 25일
지은이 유영애
펴낸이 김영재
펴낸곳 책만드는집

주소 서울 마포구 양화로3길 99 4층 (04022)
전화 3142-1585·6
팩스 336-8908
전자우편 chaekjip@naver.com
출판등록 1994년 1월 13일 제10-927호
ⓒ 유영애, 2016

ISBN 978-89-7944-566-4 (04810)
ISBN 978-89-7944-513-8 (세트)

한국의 단시조
0
1
2

소금 약속

유영애 시집

책만드는집

소금 약속

시조와 벗한 지도 꼭 열일곱 해입니다.

사람의 나이로 치면 풋풋한 소녀 시대라는 생각에 이르니
저 봄날에 나비 같은 흰 구름도 다소곳하게 부풀어 오릅니다.

그 누군들 살아온 날들이 녹록했겠습니까.

막아서는 벽 앞에서 좌절하지 않고 끊임없이 시공간을 가
지치기해가며 문학의 길을 걸어왔습니다.

단시조를 쓰는 일도 이와 다르지 않았습니다.

날마다 행복하자고, 우리 부부는 아침마다 맞절을 합니다.

그때 비쳐 드는 엷은 햇살을 진액으로 받아 이 시집을 엮습
니다.

싱겁거나 너무 짜지 않게 밑간이 잘 들어 간간한 우리들의
약속이 소금이 되리라 믿으며.

– 소헌산방 봄날에
유영애

| 차례 |

2부   아침 손님

3부　　모시나비

4부 내 곁의 남자

5부 시조에게

1부

시간을 빌려드려요

이슬

그러께
그끄러께
지나간 사랑 끝에

통장에
이자 붙듯
쌓이는 눈물처럼

가슴팍
알알이 맺힌
그리운 열매 같은

이열치열

사이클이 맞지 않는 라디오를 틀어놓고

속절없는 세상 잡음 한곳에 부려놓고

이참에 어지러운 시 초점을 맞춰볼까

끝물

텃밭의 열매들이 입추 되니 이울어간다 겉은 못난이라
도 풍미는 한결 짙다

농익은
시간을 다듬어
밤새 엮는 시처럼,

맹盲하다

시도 때도 가리지 않고
천방지축 쏟아붓는

얼키설키 세상일들
카톡을 다 지운다

자유다!
컴맹, 넷맹도
아쉬울 것 하나 없는

시간을 빌려드려요

담 너머 지고 있는

　　　　개나리 속잎 보며

휴일 온종일을

　　　　본척만척 스쳐 간다

누구도 찾는 이 없다

　　　　이 하루가 필요한 분?

시작 詩作

일시 정지된 화면처럼 고요에 든 삼라만상

그제야 자유롭게 갇혔던 귀가 열려

날 두고 떠난 발자국, 그 소리를 듣는다

늦은 생각

마지막에 당도하여
내 등을
툭, 치는 것

그때라도 알았더라면
후회는
없었을까

모래알 빠져나가듯
흘러간
시간 위에서

실직

소주 한 병 과자 한 봉
마주한 중년 사내

술 한 병 다 비우고
올려다보는 허공

그러나 버티는 거다
'깡'이라는
직분 하나

소금 약속

세상에 젤 싱거운 말,
소금이 짜다는 말

만 가지가 넘는다는
세상맛의 첫 번째다

한 됫박
소금을 담으며
시간의 밑간을 본다

오수*의 아이러니

충견 백구 동상 건너,
왁자한
보신탕집

제 주인 목숨 구한
그 개가
살아와서

또 다른 주인을 위해
몸 보시를
하고 있다

* 전북 오수. 충견의 이야기로 유명하다.

마취

베개도 치워놓고 머리를 고정한다

두통과 어지럼증 그 경계의 시발점에

무통이 무통을 세워 시려오는 강박이다

골동반 骨董飯

홀로는 밋밋하더니 섞이니 신바람이다

어우러져 빚어내는 한 마당 비빔밥에

고추장,
그 화룡점정畵龍點睛
살아나는
우리 입맛

새날을 받고

올해는 광복 칠십 년 응어리가 풀리려나

남과 북 가름 없이 하늘은 이어졌는데

저 꽃눈 툭툭, 터져서 한반도가 꽃이거라

2부
아침 손님

그믐달이

비우고 비워내서 허리가 가늘어진

바라보면 볼수록 내 어머니 눈썹이네

한 말씀 하실 것 같아 가만 귀를 모은다

봄 마중

은비늘 반짝이며 햇살 마중 나온 강변

갯버들 입에 물고 봄 손님이 오시느라

까칠한 나뭇등걸에 유록빛이 감돈다

간고등어

간고등어 한 손 들고 아버지가 들어오면 어머니가 반색
하던 그런 때가 있었지

짭짤한 한 도막으로 고봉밥을 뚝딱하던,

그림자놀이

아이들 짝을 지어 제 둥지를 찾아가고

남아 있는 우리 둘은 연속극 재탕 중이다

일요일 서너 시쯤에 내외가 하는 게임

연등 하나

새만금 사업으로 갯벌만 늘어난다

초파일 망해사에 겨우 올린 연등 하나

해말간
스님 손길이
연꽃으로
피는 아침

빗속 저편

서울역 광장에서
아이 찾는 젊은 엄마

장대비 아랑곳없이
양팔 벌려 흐느낀다

한 마리 호랑나비인가
날갯죽지 다 찢긴,

눈 오시네

주소도 잊었는지
삐라처럼
흩날리는

대한 고개 넘어가며
쏟아지는
저 함박눈

무일無逸에 든 시심詩心인가
끼니도
걸러가며

카카오톡

펜으로 글 쓰는 일
이제는 흔치 않다

엄지, 집게손가락이
톡톡, 찍는 기계 문자

도무지
꽃 피지 않는
내 마음의
빈
들녘

손글씨

옛 생각에 휘둘리나
뭉툭대는 저 그림자

글씨가 알아채고
먼저 나와 인사한다

아직도 기억하나요?
그대에게 쓴 편지를……

검불의 시간

텃밭 근처에서
검불을 태워본다

불꽃도 일지 않고
흔적 또한 없다지만

허공을 헤매던 날이
재가 되어 흩날린다

아침 손님

관악산 능선 따라 펼쳐지는 지붕들과

잎잎이 벗고 입은 앞산의 저 나무들

그 사이
우람한 하루가
내 앞에 펼쳐진다

초막에서

밤이슬 깨어나는 초가을 꼭두새벽

은실로 엮은 달빛 마루 가득 넘실댄다

소리도
바람 소리만
친구마냥 들고 난다

불을 지피며

손 모아
소지 올리며
태우는 달집 하나

불꽃이
피는 동안
존재는 스러지고

있음이
없음이란 걸
지금도 연습 중이다

3부
모시나비

관악산 아래

쪽문을 열고 서면 눈 아래가 꽃밭이다

바지랑대 높이 달린 빨래 또한 흰 꽃이다

정겨운
일상을 안고 사는
뒷모습이 그립다

모시나비

척박한 길섶에서 저 홀로 꿈꾼 꽃잎

겉보다야 속정 깊은 촌부 같은 개망초꽃

마실 온 나비 한 쌍이 제집인 양 졸고 있다

핏줄

울타리던 어버이가 세상을 떠나시니

통배추 밑동 잘린 듯 각단지기 흩어져서

바쁘다,
허울 좋은 핑계
감감하다, 무소식

옛 친구

곤드레 막걸리에 따사롭게 풀린 사이

명태 껍질 튀긴 안주, 정情도 한번 튀겨가며

눈 녹듯
언 가슴 녹이는
만드레 해장국 술

신행길

완행열차 일곱 시간
산길 걸어 또 한 시간

설레며 맞잡은 손
지난 시절 이젠 없어

눈 익은 아련한 풍광
마음에나 걸려 있다

그리운 것은 멀다

일사천리 혁신 도시
길은 넓게 뚫렸는데

가까워 더 멀어진
고향의 옛길이여

배꽃이 분분했던 길
황토 비로 얼룩진다

꿈

묵은 것 내려놓고 허황한 짐 버리느니

틀 속에 붙박이 삶 응축된 표상 하나

가슴을 열어놓는다 파랑새가 날아간다

어버이날

애들 건사 핑계 대며, 바쁘다고 변명하며

귀 어둡다 치부하고 전화조차 인색했다

당신은
뒷전이었다,
먹뻐꾸기 우는 오월

발효

삶의 궤적 따라가면 서로 얽힌 씨줄 날줄

슬픈 일도 곰삭으면 의미가 또 새롭다

술 익는 항아리 속도 부글부글 끓듯이

구름꽃

앞당겨 찾아가는 어머니 성묫길에

봉분 위 망초대가 반갑게 손짓합니다

하늘엔 목백일홍 같은 흰 구름이 두엇 피고

사막을 걷다

구름 사이 빗금으로 펼쳐 든 저 능성이

한 걸음 한 발자국 느긋하게 재며 간다

우리네 사는 길목도 직선만은 아니듯이

달빛 여운

거울처럼 나를 벗기는
휘영청 빛그림자

마주 앉은 두 마음에
다리라도 놓는 걸까

고요히 눈을 맞춘다
마음으로 맞잡는 손

가을 진달래

참!
철없다

동짓달 저 홀로 핀

낙엽이 휘날리며
백암산을 뒤덮는데

아직도
그리운 얼굴
잊지 못해 지피는가

4부
내 곁의 남자

어떤 꼴불견

-지하철 엿보기

마주 앉은 건너편 쪽
삼매경에 빠진 여자

눈꼬리 치켜뜨며
눈썹 화장 한창이다

분첩을 토닥거리며
안하무인眼下無人 요란이다

놀빛에 물들어

하루치 햇살의 무게
받아안은 서녘 하늘

지평선 그 경계로
기러기들 날아간다

너 올까, 깊어지는 눈
문밖이 궁금하다

왜가리

갈 곳을 잃었는가
먼 곳으로 주는 눈빛

내 발길도 너를 따라 잠시 주춤거린다

살아온
길을 헤아려
살아갈 길 가늠하며

홀연히

풋내기 우리들이
함께 걷던 바닷가에

수평선 눈 맞추며
홀로 다시 찾아오니

물비늘, 물이랑 타고
네 뒷모습 얼비친다

세상에 이런 일이

봄도 주춤대며
팽목항을
겉도는 날

TV 화면 흔들린다
애원하는
저 목소리

"유가족 되고 싶어요! 우리 딸 좀 찾아줘요……"

후예

용광로 쇳물 같은 몽골의 나담* 축제

씨름도 활쏘기도, 바람처럼 달리는 말

유목민 칭기즈칸 넋, 고삐를 다잡는다

* 몽골의 전통 축제.

시린 발

한여름 찜통에도 발 시려하셨을 때

노인의 푸념이라며 귀 밖으로 흘렸는데

어쩌다 양말 신으며 울 엄니를 떠올린다

별 마중

빼곡히 쌓여 있는 속말을 어쩌지 못해

별빛에 눈 맞추며 홀로 걷는 모래사장

물먹은 발자국 사이로

쓴다,

지운다

옛 이름

영일만 아침

금빛 햇살이 허리 굽혀 은빛 물결 껴안는다

둥글고 부드럽게 열려오는 수평선을

바다가 품을 다 열어 눈시울에 얹힌다

인연

보도블록 헤집고 핀
두 그루 족두리꽃

비바람 어르면서
서로 바라 맞절한다

초례청 언제 차렸나,
애틋한 저 모습

질항아리

울타리 옆 아욱밭에
가지런한 질항아리

이른 아침 산책길에
눈인사 반갑구나

이국땅, 녹록한 갈증
넉넉히 풀어준다

내 곁의 남자

철옹 같은 벽창호네,
익으면 나아질까

옛 모습은 간데없고
고집은 쇠뿔이다

사랑초
가꾸는 마음
혹시, 눈치채셨나

재회

은행잎이 은행 빛깔로
단풍은 단풍 빛깔로

마음껏 물이 드는
시월도 끝자락에

이제는
아무렇지 않게
네 생각에 물들고 싶다

5부
시조에게

장대비 그치자

물안개가 스멀대며 골짜기를 휘돌더니

산등성이 허공으로 뭉개지어 올라간다

숲길엔 빗물 사이로 칡꽃 하나 지고 있다

늙은 호박

태안에서 택배로 온 세 덩이 맷돌 호박

주름진 감물 치마 펑퍼짐한 뒤태라니

골 깊던
어머니같이
호미 자루
거머쥐신

그 뒷모습

오해하긴 쉬워도
이해받긴 쉽지 않다

소리 내 우는 법 없어
가슴에 낀 삶의 더께

이제야 헤아리겠네,
속심 깊은 아버지

암죽

6·25 전쟁 통에 태어난 내 남동생

젖 달라고 보챌 때면 엄마 대신 들쳐 안고

툇마루 한쪽에 앉아 한 숟갈씩 떠먹이던

호박씨

볕 좋은 가을 한낮 호박을 쩍, 가른다

흥부의 보석인 양 와르르 쏟아지는

그리운 어머니 잔소리 알알이도 정겹다

앉은뱅이꽃

빛바랜 시간 속에 형제끼리 모인 자리

가난도 윤이 나던 고향 집 고샅길처럼

추억 속
숨결이 포개져
그렁거린다,
이 봄날

암벽 타기

아득한 정상까지 벽을 타고 가는 거다

칼바람 살을 에는 빙판을 걷다 보면

마침내 거느리게 될 계곡이며 숲이며

11월 여백

얇아진 일력을 떼며 겨울 강을 건넌다

낙엽 이불 끝자락에 드러누운 엷은 햇살

들판에 남은 보리 순, 초록은 힘이 세다

가을 이후

먼 바다로 떠나갔던

연어가 돌아온다

들녘은 한해살이

씨와 포자 떨궈내고

흙으로 돌아갈 몸을

서둘러 비워낸다

물안개

서서히 몸을 푸는 가을 강을 보아라

갈대숲에 스민 채로 우렁우렁하는 소리

듣느니,
귓가를 적시는
그 옛날 그 말씀을

하루하루

새벽 네 시 창문 열고 찬 바람을 들인다

잠언으로 시작하는 오롯한 이 하루가

날마다 새날 주시는 축복임을 깨닫다

가시버시

사사건건 잔소리에 마주하면 껄끄러운,

출타 후 소식 없으면 궁금증에 안절부절,

눈앞에
있으나 없으나
어쩔 수 없는 사이

시조에게

매달려 웃고 울다,
허공으로 가고 오다,

오로지 그 한마음
눈물로 채웠던가

그렇지, 우주의 본질
처음이고 끝인 것

응축과 느림의 미학

양균원 **시인 · 대진대 영문과 교수**

I

산문성이 두드러지는 문화에서 짧은 시, 그것도 시조, 그 중에서도 단시조를 택하여 자신을 표현하는 일은 용기와 신념을 요구한다. 옛 형식의 답습에 만족하지 않고 그것을 허물어 다시 세우는 고립과 직립의 자세를 필요로 한다. 단시조 시인은 그가 택한 이 전통의 형식이 오늘의 현장에서 왜 그리고 어떻게 존재할 수 있는지에 대해 다시 묻고 새롭게 답하지 않을 수 없기 때문이다.

어쩌면 시조는 당대의 문화가 일으키는 속도와 변화에 역행하는 것으로 비칠 수 있다. 정보화, 포스트모더니즘, 다

문화 등의 개념으로 접근되는 현시대의 한 특성은 전통의 파괴에 있다. 모범적인 것으로 추구되던 시의 정형성과 간결성이 지배 집단의 미의식과 이데올로기를 반영하는 것으로 간주되어 배척되고 있다. 아방가르드 진영과 주류를 막론하고 전반적인 흐름에서 율격은 무운에게, 완결은 미완에게, 시는 산문에게 길을 내주고 있다. 세상은 통찰과 각성보다는 답 없는 질문과 불확정성에 대한 감각을 통해서 더 진실하게 접근될 수 있다고 이야기된다. 아방가르드 시는 이른바 새 현실을 담아내기 위해 중심보다 변두리에서, 항상성보다 변화무쌍에서, 귀납의 본질보다 연역의 분산에서, 하나의 목소리가 아니라 다성多聲의 혼재에서 직접적 경험에 대한 언어적 등가물을 시도하고 있다.

단시조의 매력은 긴장과 응축에 있다. 말수는 적지만 더 많은 이야기를 풀어내면서 단아하고 농밀하게 속내를 표현하는 데 초점을 둔다. 단시조는 강물의 유장한 리듬을 흉내 내려 하기보다 잔가지 끝 과육의 미미한 흔들림에 호흡을 맞추는 데서 호소력이 배가된다. 여기에 단시조의 멋과 가락이 흐르는 것이다.

유영애의 단시조는 다음의 네 가지 명제에 대해 의식적으로 화답하고 있는 것으로 보인다. 단시조는 첫째, 삶을 응축하고 명징하게 투시한다. 둘째, 일상의 형이상을 실현한다. 셋째, 감각 너머에 있는 것에 대한 감각을 추구한다. 넷째, 느림의 미학을 구현한다. 이상의 네 가지 명제는 정형시보다 자유시가, 율격의 시보다 산문시가 성행하는 최근의 추세에서 단시조가 존재해야 할 이유와 가치를 역설적으로 주장하는 것들이라고 할 수 있다. 유영애는 이상의 네 가지 양상을 통해서 단시조의 전통적 가치를 재확인하면서 동시에 그것의 새로운 가능태를 발전시킴으로써 그 당대성을 강화하고 있다.

II

II-1. 삶의 응축과 명징한 투시

시조의 매력은 응축에 있다. 잘 벼려진 시조 한 편에서 자그마한 소재는 큰 주제를 드러내고 짧은 이야기는 인생의 무게를 전한다. 인생을 한눈에 꿰뚫어 보는 시력과 그것을 하나의 결정체로 농축하는 힘에서 내적 폭발이 일어난다.

「그믐달」에서 화자는 이울어가는 달의 형상에서 "어머니 눈썹"을 발견하고 "한 말씀 하실 것 같아 가만 귀를 모"으고 있다. 노모의 인생은 "비우고 비워내서 허리가 가늘어진" 것으로 압축되고 그런 어머니를 향한 딸의 마음은 그믐달에 대한 귀 기울임으로 축약된다. 「시린 발」의 화자는 "어쩌다 양말 신으며" 한여름에 발 시려하시던 어머니의 "푸념"을 다시 듣고, 「늙은 호박」의 화자는 "세 덩이 맷돌 호박"에서 어머니의 "주름진 감물 치마 펑퍼짐한 뒤태"를 다시 목격한다. 세월의 간격을 뛰어넘는 이러한 재회가 양말이나 호박과 같은 사소한 것들에서 촉발되고 있다. 마찬가지 방식으로 「호박씨」의 화자 또한 "볕 좋은 가을 한낮 호박을 쩍, 가"르다가 "흥부의 보석인 양 와르르 쏟아지는" 씨앗들에서 "그리운 어머니 잔소리"를 대한다. "쩍", "와르르"와 같은 의태어나 의성어가 햇살 속에 쏟아지는 호박씨의 빛남을 살려내는 데 일조한다. 어머니의 호박씨 같은 "잔소리"를 "알알이도 정겹다"고 느끼는 화자의 마음을 투명하게 응축한다.

시조는 감상을 최대한 배제하는 응축과 사물에 대한 명징한 시력에서 종종 큰 효과를 발휘한다.

간고등어 한 손 들고 아버지가 들어오면 어머니가 반색
하던 그런 때가 있었지

짭짤한 한 도막으로 고봉밥을 뚝딱하던,
　－「간고등어」전문

화자가 오늘 여기에는 허용되지 않지만 그 시간 그 자리
에는 존재했던 어느 시간을 소환하고 있다. "반색하던" 어
머니가 차려낸 저녁 밥상에서 가족이 모여 앉아 "고봉밥을
뚝딱하던" 정경이 선연하다. 환기된 순간은 화자에게 "짭
짤한" 입맛을 불러일으킨다. 세상에 안 계신 아버지와 어머
니가 밥상을 함께하고 있다. 마음의 빈자리는 기억이 휘저
어 일으키는 연대감으로 따뜻하게 채워지고 이내 넘친다.
종장의 마지막 단어 "뚝딱하던"에 붙은 쉼표가 밥상머리의
부산한 즐거움과 그 이후 오랜 부재의 아쉬움을 응축한다.
한 가족의 역사와 부재에 대한 투시가 단 두 줄로 요약되고
있다. 그리움의 정서가 설명이 아닌 촉발의 방식으로 환기
되고 있다.
　삶은 감정을 에두르는 시인의 통제에서 더욱 농밀해진다.

아이들 짝을 지어 제 둥지를 찾아가고

남아 있는 우리 둘은 연속극 재탕 중이다

일요일 서너 시쯤에 내외가 하는 게임
  ─「그림자놀이」 전문

　화자는 배우자와 일요일 오후를 보내는 중이다. 아이들은 출가하여 곁에 없고 부부가 연속극 재방송을 보고 있다. 감정이나 생각을 직접적으로 드러내지 않지만 독자를 정지된 시간의 무력감 속으로 내몬다. 시조는 말수를 줄여야 하는 탓에 충전된 단어를 선택하기 마련이지만 이 시에서는 눈길을 끄는 시어를 찾아볼 수는 없다. 그런데 화자는 이렇게 무료하게 지내는 것을 "내외가 하는 게임"이라고 못 박고 있다. "연속극 재탕"이 "게임"인 것일까? 그렇다면 그것은 가장 재미없는 게임이 될 것이다.
　마지막 단어 "게임"은 시의 제목 "그림자놀이"에 연계되면서 그 의미가 분명해진다. 화자는 "그림자놀이"를 "게임"으로 파악하고 있는 것이다. "그림자놀이"가 무엇일까, 독자를 향해 던지는 이러한 반문의 시간을 시에 끌어들임으로써 시인은 자신이 의도하는 효과를 성취하고 있다. 어떤 부부는 서로에게 그림자일 수 있다. 각방을 쓰거나 명색만 부부인 경우도 있겠으나 이 시의 부부는 서로에게 그림자처럼 붙어 다니는 관계 속에 있다. 그림자는 실체가 없고 다른 무언가에 부속된다는 점에서 부정적 함의를 지닌다. 동시에 그것은 영원한 결속을 상정하고 있기도 하다. 이러한 관계를 기쁨이라고 할 것인가, 고통이라고 할 것인가. 품 안의 자식이 다 떠난 후에도 부부는 한자리를 지키고 있다. 아이들이 소란스럽게 만들어내던 고통과 기쁨이 사라졌고 뒤에 남은 부부가 연속극 재방송을 시청하고 있다. 이러한 "그림자놀이"는 부부가 인생의 무료 속에 함께 내던져지고 또한 그 허전함을 함께 감내해가는 "게임"이라고 할 수 있다. 그것을 "게임"으로 지각하는 태도에는 "일요일 서너 시쯤"의 무력감에 대항하는 쓸쓸한 인생 사랑이 자리하고 있다.

시인의 시 쓰기는 인생의 무의미에 저항하는 게임일 수 있다. 인생과 거리를 유지해가면서 시인은 무딘 삶에 상처를 내기도 하고 다시 그 상처에 새살을 돋우기도 한다.

울타리던 어버이가 세상을 떠나시니

통배추 밑동 잘린 듯 각단지기 흩어져서

바쁘다,
허울 좋은 핑계
감감하다, 무소식
－「핏줄」 전문

애들 건사 핑계 대며, 바쁘다고 변명하며

귀 어둡다 치부하고 전화조차 인색했다

당신은
뒷전이었다,
먹뻐꾸기 우는 오월
－「어버이날」 전문

아버지의 울타리 안에 있던 가족은 그의 죽음 이후에 흩
어져 가는 과정을 겪는다. 그런 줄 알면서도 화자는 흩어져
살아가는 형제자매의 삶에서 옛 울타리의 부재를 아쉽게

확인한다. "통배추 밑동"을 잘라내면 알차게 서로를 껴안고 있던 배춧잎은 "각단지기 흩어져서" 떨어진다. 종장을 3행으로 늘리고 리듬을 살려서 "핏줄"의 오늘을 자조적으로 관조한다. "바쁘다"와 "감감하다"의 단언적 어투가 핑계와 무소식에 대한 비판을 날카롭게 드러낸다. "바쁘다"에 쉼표를 찍은 직후에 "허울 좋은 핑계"라고 되받고 "감감하다"에 쉼표를 찍고서 "무소식"이라고 토를 다는 어투에는 냉소적 유희가 작동하고 있다. "핏줄"이 소원해진 데는 화자 자신도 한몫했을 것이다. "애들 건사"를 "핑계"로, "바쁘다"는 것을 "변명"으로 자책하면서 그런 자신을 품어주는 방식에는 세월의 상처를 에둘러 껴안는 반어적 포용이 자리하고 있다. 전화조차 자주 드리지 못해 아버지를 "뒷전"에 두었다고 하면서도 그런 아버지를 향해 "먹뻐꾸기 우는" 마음을 열어놓고 있다.

　사람과 사람 사이의 관계가 핏줄 사이에도 멀어질 수밖에 없는 것이라면 그것은 또한 막걸리 한 사발에 "눈 녹듯" 가까워질 수도 있어야 하리라.

　곤드레 막걸리에 따사롭게 풀린 사이

명태 껍질 튀긴 안주, 정情도 한번 튀겨가며

눈 녹듯
언 가슴 녹이는
만드레 해장국 술
－「옛 친구」 전문

삶의 궤적 따라가면 서로 얽힌 씨줄 날줄

슬픈 일도 곰삭으면 의미가 또 새롭다

술 익는 항아리 속도 부글부글 끓듯이
－「발효」 전문

　화자의 마음은 "술 익는 항아리 속" 같아서 그 안에 담기는 인생의 "씨줄 날줄"은 뒤엉켜 있으면서도 어떻게든 "곰삭"아 "따사롭게 풀린 사이"를 형성한다. "삶의 궤적"에서 "의미가 또 새롭"게 탄생하도록 만드는 힘은 "만드레 해장국 술"에 곁들일 안주를 튀겨내면서 "정도 한번 튀겨"내는 따뜻함에서 발생한다.

유영애는 "옛 모습은 간데없고 / 고집은 쇠뿔"인 "벽창호"를 향해 "사랑초 / 가꾸는 마음"(「내 곁의 남자」)을 열고, "매달려 웃고 울다"가 "허공으로 가고 오"는 "오로지 그 한 마음"으로 "우주의 본질"(「시조에게」)을 찾아가고 있다. 삶의 응축과 명징한 투시에서 시인은 혼란의 오늘을 견고하게 살아내고 있다.

II-2. 일상의 형이상

시에 어울리는 소재와 주제가 따로 정해져 있지 않다고들 말한다. 하지만 시 창작 과정에서 개인의 감각과 호불호에 따라 시적 제재에 선호도가 작용하는 것은 피하기 어렵다. 시의 형식과 제재 사이의 관계 역시 완전히 자유롭다고 말하기 어렵다. 시조에는 어쩐지 그에 어울리는 것이 있을 것 같고 그것에 준해 작시해야 할 것 같은 느낌이 든다. 하지만 시조가 옛 형식의 계승에 만족하지 않고 오늘의 형식으로 발전하려면 당대의 현실을 비판적으로 담아내기 위해 그에 어울리는 새 언어를 탐색해야 할 것으로 보인다. 이러한 노력은 삶에 대한 개방성을 시조의 언어를 통해 실현하는 데서 시작될 수 있다.

유영애의 시 쓰기는 종종 현실의 직시에서 시작된다. 그녀의 시에서 화자는 초연을 가장하지 않고 세상 속에 있는 경우가 많다.

서울역 광장에서
아이 찾는 젊은 엄마

장대비 아랑곳없이
양팔 벌려 흐느낀다

한 마리 호랑나비인가
날갯죽지 다 찢긴,
　－「빗속 저편」 전문

"젊은 엄마"가 비 내리는 서울역 광장에서 아이를 찾고 있다. 다급하고 불안한 마음에 "양팔 벌려" 울고 있다. 초장에서 중장에 이르는 사실적 묘사가 시를 밋밋하게 끌고 간다. 그런데 종장에 이르러 불쌍하고 처량할 것만 같은 여인은 "한 마리 호랑나비"로 그려진다. 화자는 "젊은 엄마"의 복색과 차림에서 흰나비가 아니라 "호랑나비"를 떠올리고 있다. 비통과 절망의 화신을 그려내는 데는 여린 배추흰나비가 더 어울렸을 법도 하다. 하지만 화자는 흘낏거리며 바쁘게 지나가는 사람들 틈에서 다채롭고 강렬한 색상을 뽐내는 "호랑나비"를 목격하고 있다. 그렇게 화사하게 꽃밭을 누비던 "호랑나비"가 "날갯죽지 다 찢긴" 이후를 증언하고 있다.

시조는 현실을 담아내는 수단으로서는 비효과적일 수 있다. 짧은 길이 속에 긴 이야기를 함축하는 데 어려움이 따르기 때문이다. 그렇다고 충실한 묘사 대신에 영탄조의 감상으로 현실을 제시할 경우 독자를 긴장시킬 수 없다. 이러한 어려움 속에서 유영애는 사실적 묘사와 심미적 거리 두기에서 그 나름의 해법을 찾고 있다. 비에 젖은 "호랑나비"의 이미지는 "젊은 엄마"의 화사함과 절망을 모순되게 뒤섞고 있다. 화자는 감정을 직접적으로 토로하지 않는 거리 두기에서 아이를 잃어버린 엄마의 고통을 극대화하는 데 성공하고 있다.

시조 3장은 세상에 대한 관찰과 그에 따르는 감흥이 압축되는 곳이다. 유영애의 시조에서 감흥은 통제된 목소리에서 그 효과가 증대되는 경우가 많다.

봄도 주춤대며
팽목항을
겉도는 날

TV 화면 흔들린다
애원하는
저 목소리

"유가족 되고 싶어요! 우리 딸 좀 찾아줘요……"
―「세상에 이런 일이」 전문

　화자가 세월호 침몰 사건에 대해 관찰자의 거리를 유지
하고 있다. 비통과 울분을 쏟아내고 싶을 텐데 "TV 화면"
에서 들려오는 목소리에게 종장을 내주고 있다. 유가족마
저 될 수 없는 처지에 있는 실종자 가족이 있다. 시신이 확
인되어야 유가족이 될 수 있는 것이다. 세상 어디에 유가족
이 되고자 원하는 사람이 있겠는가? 하지만 현실은 누군가
를 유가족마저도 되지 못하게 만들고 있다. 화자는 "유가족
되고 싶어요!"라는 언급이 얼마나 많은 페이소스를 불러일
으킬 수 있는가를 익히 아는 자이다. 현실이 스스로 말하게

하는 묘를 발휘하고 있다.

시의 힘은 삶에 대한 개방성에서 나온다. 유영애의 시조는 일상에서 시적 제재를 구하고 공동체의 삶에 대한 개방성을 유지하면서 그러한 일상의 형이상을 노출시키는 방식에서 오늘의 감각과 정신을 견실하게 구현하고 있다.

II-3. 감각 너머에 있는 것에 대한 감각

감각적 언어가 시에 감칠맛을 주는 게 사실이지만 시가 그러한 감각만으로 족한 것이 될 수는 없다. 감각은 시인이 세상을 새롭게 지각하게 하는 데 도움을 줄 수 있지만 반대로 그 감각의 범위 내에 시인을 묶어둘 수도 있다. 감각은 세상을 원초적으로 수용하게 하는 방식에서, 그리고 감각 너머에 있는 것에 대한 감각을 은밀하게 열어두는 방식에서 그 가치가 더욱 빛난다고 할 수 있다.

사사건건 잔소리에 마주하면 껄끄러운,

출타 후 소식 없으면 궁금증에 안절부절,

눈앞에

있으나 없으나

어쩔 수 없는 사이

―「가시버시」 전문

    부부의 관계는 묘하다. 그것은 뜨거운 사랑이기 어렵다. 그렇다고 유교적 헌신과 공경을 말하는 것은 시대착오적으로 들린다. 그렇다고 세상의 권태와 타성으로 부부의 오랜 사랑을 속물화하기에는 그간의 시간과 마음 씀이 아쉽고 억울하다. "가시버시"의 사랑은 그렇게 껴안을 수도 버릴 수도 없는 어떤 것이다. "소식 없으면 궁금증에 안절부절"못하게 되지만 "마주하면 껄끄러운" 사람이 남편이고 아내이다. 시간은 부부 사이에 매순간 "껄끄러운" 단면을 드러내지만 그러한 순간들의 중첩에서 "눈앞에 / 있으나 없으나 / 어쩔 수 없는 사이"를 형성한다. 부부의 관계에 대한 긍정과 부정의 이중적 태도에는 현실에 대한 감각과 그러한 현실 너머에 대한 감각이 동시에 작동하고 있다.

    유영애가 노래하는 사랑은 완성보다 미완성에서 더 절실하다.

그러게

그끄러게

지나간 사랑 끝에

통장에

이자 붙듯

쌓이는 눈물처럼

가슴팍

알알이 맺힌

그리운 열매 같은

−「이슬」 전문

　풀잎에 맺힌 이슬은 "지나간 사랑"의 "끝"을 생각나게
한다. 곁에 머물지 않고 스쳐 가는 사랑은 돌아볼수록 아련
하다. 시각 및 청각의 상상력을 활용하여 이슬이 맺혀가듯
눈물이 굴러가듯 단시조 3장을 각 장 3행의 계단식으로 배
열하고 있다. 행갈이에 의한 반복을 통해서 "그러게 / *그끄*
러게"가 형성하는 청각과 리듬의 증폭은 스쳐 가버린 것을
돌이켜 보는 아쉬움을 강화한다. 그것은 어쩌면 '그렇게 /

그 그렇게'처럼 들려 아련함을 일으키기도 한다. 시의 들머리를 이루는 아쉬움의 리듬이 시 전체의 흐름을 끌고 있다. 말이 끝나기 전에, 뜻이 이뤄지기 전에 어떤 여운이 먼저 움직여 나온다.

시에서 사랑의 실체 혹은 사건은 보이지 않는다. 사랑이 지나가 버린 뒷자리가 있을 따름이다. 사랑은 현실에서보다 가슴팍에서 키우고 그렇게 "알알이 맺힌" 것에서 더 절실해진다. 그것은 어쩐 이유에선가 "쌓이는 눈물"에도 불구하고 한탄의 대상을 지나 "통장에 / 이자 붙듯" 뭔가 이롭게 쌓여가는 것이고 "그리운 열매"로 "가슴팍"에 "알알이 맺힌"다.

시인의 감각은 현실의 오감 너머에 있는, 혹은 즉각적 경험 이후에 여운으로 존재하는 어떤 것을 향하고 있다.

텃밭의 열매들이 입추 되니 이울어간다 겉은 못난이라도 풍미는 한결 짙다

농익은
시간을 다듬어
밤새 엮는 시처럼,

107

-「끝물」 전문

　시인의 시선이 머무는 곳은 "끝물"의 텃밭이다. 끝은 그
것에 이르기까지의 시간과 그것 이후의 시간을 아울러 살
필 수 있는 시점을 이룬다. 한 해의 농작물이 이울어가는
입추의 밭에서 화자는 "한결 짙"은 "풍미"를 감지한다. 정
점의 결실보다 그 이후가 더 짙게 맛을 풍기는 이유는 끝에
대한 예감이 그 자리에 함께하기 때문이다. 화자의 감각은
현재에 머물지 않고 앞으로 닥치게 될 시간을 향해 열려 있
다. 시를 쓴다는 것은 이렇게 가까운 감각에서 먼 감각으로
나아가는 것일 수 있다. "농익은 / 시간을 다듬어" 엮는 시
는 그렇게 가깝고 먼 감각들의 총화인 셈이다. 정점을 지나
이울기 시작하는 "열매들"은 "끝"에 대한 예감에서 생명을
더욱 불태우고 있다. 끝물의 결실이 아무리 "못난이"라고
해도 진한 향기를 품는 이유가 여기에 있다. 단시조 3장 중
초장과 중장을 산문시의 그것처럼 한 행으로 처리하고 있
다. "못난이" 텃밭을 아무렇지도 않은 듯 연출하고 있는 셈
이다. 이러한 다소 태연한 조망 후에 종장을 3행으로 나눠
밤샘 시 쓰기를 언급하고 마지막에 쉼표를 찍어서 이후의
여백을 강조한다. 유영애 시인은 감각 너머에 있는 것에 대

한 감각에서 시작詩作을 시작始作하고 있다.

21세기는 속도와 감각이 승한 시대이다. 감각의 극대화는 상업주의 내지 자본주의가 사회와 문화에 끼친 물화의 영향이라고 할 수 있다. 다섯 개의 감각 중에서도 즉각적이고 선정적인 효과를 일으키는 시각이 중시된다. 시간이 소요되고 즉시 감흥을 일으키지 못하는 감각은 상대적으로 퇴화하고 있다. 고요에 가까울 정도로 소리를 추상해야 들리는 어떤 소리는 고도의 청각적 상상력에 의존해서야 "날 두고 떠난 발자국"(「시작詩作」) 소리 정도로 들려온다. 우리는 세상의 소리에는 쉽게 반응하지만 그 너머의 소리에 대해서는 청각을 상실해가고 있다. 유영애 시인은 단시조가 간결한 언어로써 시의 본령에 도달할 수 있는 하나의 길이 청각적 상상력에 있다는 것을 웅변하고 있다.

II-4. 느림의 미학

시가 생성되는 순간은 고도의 집중에서 다소 무시간적이 된다. 그것은 찰나이면서 영원이기도 하다. 시인이 영원의 관념에 치중할 경우 찰나의 체험은 사라지고 순간에 얽매일 경우 어떤 추상도 허용받지 못한다. 이에 반해 견실하게 집중된 시적 순간에 찰나와 영원은 모순적으로 공존한다.

　세상에 젤 싱거운 말,
　소금이 짜다는 말

　만 가지가 넘는다는
　세상맛의 첫 번째다

　한 됫박
　소금을 담으며
　시간의 밑간을 본다
　　　　　－「소금 약속」 전문

　소금은 짜다. 그렇지맘은 않다는 것을 깨닫는 순간에서 짜다는 말은 "세상에 젤 싱거운" 것이 된다. '짜다'와 '싱겁다', 언어의 유희적 대치가 강조하는 것은 소금이 일으키는 "만 가지" 맛의 다양성이다. "세상맛"도 그러할 것이다. 어찌 "첫 번째" 맛만으로 세상을 규정할 수 있으랴. 화자는 소금을 "한 됫박" 담는 순간에서 소금이 일으키는 다양한 맛을, 세상이 자아내는 다채로운 맛을 떠올린다. 인생의 한순간에 온갖 다른 순간들이 모여들고 있다. 응집이 계속될수록 생각에 생각이 끼어들고 진행이 느려진다. 이렇게 거의 정지된 순간에 화자는 "시간의 밑간을 본다". 시간의 중첩이 기저에 묵히고 있는 맛은 어떤 것일까. 저 "밑간"에 어떤 맛이 더해져 시간은 쓰고, 시고, 짜고, 매워지는 것일까. "시간의 밑간"이 한 세월 살아온 자의 입맛을 간간하게 당기고 있다. 소금이 주는 "약속"은 무엇일까. 대체로 쓰고 짜겠지만 '우연히 단맛도' 주겠다는 것이 아닐까. 세월의 묵은 맛을 식별하는 화자의 자태가 경쾌하고 미덥다.

생각하는 행위는 현재 시제에서 이뤄진다. 그렇지만 현재는 시간의 지속에 노출되어 있다. 현재는 모든 시간, 특히 과거의 틈입에서 자유롭지 못하다. 언제든 유령으로 가득 찰 수 있는 현재의 시간을 잘 다스리는 것이 시인의 일이다.

거울처럼 나를 벗기는
휘영청 빛그림자

마주 앉은 두 마음에
다리라도 놓는 걸까

고요히 눈을 맞춘다
마음으로 맞잡는 손
–「달빛 여운」 전문

　"달빛"은 구체적이면서 추상적이다. 시간으로 치면 순간
과 영원이 함께하고 있다. 화자는 "휘영청" 밝은 달빛을
"빛그림자"로 파악한다. 그것은 빛과 그림자가 아니라 그
둘이 하나가 된 어떤 것이다. 그것은 "휘영청" 밝은데도 빛
이라 하기에는 어둡고 그림자라 하기에는 밝다. 이러한 속
성은 인생, 기억, 시간의 특성이기도 하다. 사계절은 매번
새롭게 다가오지만 시간의 약속 속에 예정되어 있기도 하
다. 계절은 예전에도 그랬고 앞으로도 그렇게 움직일 것이
다. 어둠에 싸인 달빛은 희로애락이 깊이 스며든 시간과 같
아서 "빛그림자"를 발할 수 있는 것이다.
　"빛그림자"가 화자를 "벗기는" 중에 있다. "거울"이 사실
그대로를 보여주듯이 "빛그림자"가 화자의 위장을 벗기고
진실한 속내를 드러나게 만든다. "마주 앉은 두 마음"은 아
무래도 이제까지 이어지지 못했나 보다. 단절되어 있으나
마주하고 있고 또한 잇고 싶은 관계란 무엇일까. 그것은
"달빛" 자체일 것도 같고 그 달빛에 등가적인 어느 사랑 같

기도 하다. 그런 관계란 또한 어떻게 지속될 수 있을까. 아마도 빛과 그림자의 중간 지대에서 가능하지 않을까 싶다.

화자가 "달빛"에게 눈을 맞추고 있다. 그의 마음을 앗아가고 그래서 자신을 넌지시 건네고 싶은 상대는 "빛그림자"이다. 그것이 빛이거나 그림자였다면 이렇게 "다리라도 놓는" 관계를 바라지 않았을 것이다. 어둡고도 환한 무엇이 화자의 위장을 벗기고 "마음으로" 손을 맞잡도록 유혹하고 있다. 시간 속에 있으면서 시간 밖에 있는 경우가 있다. 이런 시간이란 느리게, 아주 느리게 간다. 순간이 순간에 의해 숨 가쁘게 대체되는 대신에 서로 겹치고 엉기면서 새로운 추상을 빚어낸다. 시의 형성과 시간의 무시간적 응결은 상호 의존적이다.

우리가 살아가는 문화의 지형에서 그 어떤 것도 오래 한자리를 차지하기란 불가능해 보인다. 유행의 첨단에서 모두의 감각을 영원히 지배할 것처럼 보이는 것도 머지않아 구태의연한 것이 되고 만다. 이러한 세태에서 글은 독자의 관심을 잠시나마 붙잡아 두기 위해 갈수록 짧아지는 경향을 보인다. 그렇다고 짧아지는 글이 단시조처럼 그리되는 것은 아니다. 오늘날 글이 짧아지는 것은 독자의 감각에 호소하여 즉각적 반응을 유발하려는 책략에서 시도되는 경우가 많다. 이에 반해 유영애의 단시조는 감각에 호소하면서도 한자리에 앉아 오래 생각하게 하는 느림의 미학을 구현한다. 시인의 언어가 보내는 정지신호는 문화의 속도를 거스르면서 시가 처음 생성되는 지점을 되새겨보게 한다. 복고풍의 복식이 새 유행을 이끌어내는 것도 이와 같다는 것을 상기시킨다.

Ⅲ

단시조는 옛것의 재현이나 답습으로서가 아니라 오늘의 현실에 의문을 제기하고 그것을 담아내는 유효한 시도로서 재평가될 필요가 있다. 우리는 절대자의 부재에서 모든 것이 빠르게 변화하고 서로 다른 목소리가 혼재하는 세상에 살고 있다. 시인은 과거의 권위에 의탁하는 데 만족하지 않고 오늘의 흐름에 충실하게 이끌리면서 그렇게 부유하는 고통과 자유를 함께 누릴 줄 알아야 한다. 하지만 시인은 그 출렁임 너머에 있는 것을 갈망하지 않을 수 없는 존재이기도 하다. 그는 시간의 소용돌이 속에서 무시간을 느끼고 현장의 외중에서 빈자리를 찾으려는 자이다. 단시조는 어쩌면 이러한 상충하는 요구들을 구현해주는 효과적 수단이 될 수 있다. 유영애의 단시조에서 당대의 정신은, 시에 밴 사람의 향기가 그러하듯, 오랜 수련과 내면의 깊이에서 견고한 추상으로 거듭나고 있다.

오늘날 시 창작 풍토에서 장르 간 경계 허물기는 더 이상 희귀한 일이 아니다. 집중과 완결보다 분산과 개방의 미학이 선구적인 것으로 칭송되고 있다. 이러한 환경에서 시조를 고집하고 발전시키기 위해서는 무엇보다 그것의 당대적 가치를 확인하고 강화할 필요가 있다. 유영애의 단시조는 첫째, 지나온 시간을 응축하여 명징하게 투시하고 둘째, 일상의 형이상을 실현하며 셋째, 감각 너머에 있는 것에 대한 감각을 추구하고 넷째, 무엇보다 느림의 미학을 구현하는 방식에서, 여타 장르의 노력에 못지않게 시대의 고통과 감각을 담아내는 언어를 성공적으로 구현하고 있다.